# चाँद की यात्रा

चाँद की यात्रा

प्रथम संस्करण : अप्रैल, 2024

**ISBN : 978-93-92088-91-9**



**प्रकाशक** : **अनबाउंड स्क्रिप्ट**
2/41 अंसारी रोड,
दरियागंज, दिल्ली - 110002
**वेबसाइट** : www.unboundscript.com
**ई-मेल** : books@unboundscript.com
**फोन नं.** : **011-35807601**

CHAAND KI YATRA

*by* Jules Varne

**Printed in India**

मूल्य : ₹ 149/-

# चाँद की यात्रा

जूल्स वर्न

अनबाउंड स्क्रिप्ट

# भूमिका

जूल्स वर्न ने न सिर्फ़ साइंस फिक्शन को एक विधा के रूप में स्थापित किया बल्कि अपनी कल्पनाशीलता से स्वयं विज्ञान को भी प्रभावित किया।

आज यह सोचकर हैरानी होती है कि सदियों पहले जब विज्ञान और तकनीक का अपेक्षित विकास नहीं हुआ था, तो भी एक लेखक ने चाँद पर पहूँचने की कल्पना की। आज उसकी कल्पना एक ठोस हक़ीकत बन चुकी है। भारत सहित दुनिया के चार देश चाँद पर पहुँच चुके हैं।

उस समय मामूली जानकारियों के आधार पर की गयी इस विराट कल्पना में आज तमाम खामियाँ नज़र आ सकती हैं। लेकिन यह किताब चाँद के बारे में सही जानकारियों के नाते

उल्लेखनीय नहीं है। बल्कि यह वह किताब है, जिसने मनुष्यता को चाँद पर पहुँचने का सपना और जानकारियाँ हासिल करने की जिज्ञासा पैदा की।

यह किताब एक कहानी के रूप में तो मज़ेदार है ही, इसे इसलिए भी पढ़ना चाहिए कि आज से दो सौ साल पहले मनुष्य चाँद तक पहुँचने की क्या तरकीबें सोचता था।

# चाँद का स्वप्न

अमेरिका के स्वतंत्रता संग्राम के बाद कुछ तोपचियों ने बाल्टीमोर नगर में एक क्लब स्थापित किया। उसका नाम रखा 'तोप क्लब'। इस क्लब के सदस्यों ने चंद्रमा को लक्ष्य करके एक गोला दागने की योजना बनायी। इस योजना के संचालक, क्लब के अध्यक्ष श्री बार्बीकेन थे। इस संबंध में उन्होंने कैंब्रिज की वेधशाला से परामर्श किया और प्रयोग की तैयारी करने लगे। देश-विदेश के विशेषज्ञों ने राय दी कि प्रयोग सफल होने में कोई अलंघ्य बाधा नहीं है। जनता से चंदा माँगा गया। देखते ही देखते करोड़ो रुपया जमा हो गया। और क्लब के अधिकारियों ने इस आश्चर्यजनक योजना की तैयारी प्रारंभ कर दी।

वेधशाला के अधिकारियों ने बतलाया कि गोला दागने के लिए एक तोप चाहिये। तोप ऐसे स्थान पर लगायी जाए जो 0° भूमध्य रेखा और 20° समानांतर रेखा (उत्तर अथवा दक्षिण) के बीच में हो। तथा यह हिसाब लगाकर दागी जाऐ कि चंद्रमा तक पहुँचे। गोले की प्रारंभिक गति 12,000 मीटर प्रति सेकेंड होनी चाहिये। यदि गोला

एक दिसंबर को ठीक उस समय दागा जाए जब रात के 11 बजने में ठीक 13 मिनट और 20 सेकेंड बाकी हों तो वह 4 दिन बाद, 5 दिसंबर को आधी रात के समय चंद्रमा पर पहुँच जाऐगा।

गोला किस आकार का हो, किस धातु का बने, बारूद किस प्रकार की तथा कितनी हो, तोप कैसी हो तथा उसका झुकाव किस दिशा की ओर हो, इत्यादि प्रश्नों का हल निकालने के लिए अध्यक्ष-वाकेन, मेजर-एल्फिस्टन, मंत्री- जे.टी मैस्टन तथा अन्य विशेषज्ञों ने कई बैठकें कीं। निर्णय हुआ कि-

1. गोला नुकीला तथा ऐल्युमिनियम का हो, उसका व्यास 800 इंच दीवारें 12 इंच मोटी और भार 8771 किलोग्राम हो।

2. तोप 900 फुट लंबी लोहे की हो, तथा जमीन में गड्ढा खोदकर ढाली जाए।

3. तोप में 181436.948 किलो गन काटन भरी जाए जिससे 6 अरब लीटर गैस बन सके और गोला सरलता से चंद्रमा तक पहुँच जाए।

यह निर्णय होते ही इंजीनियर मसन की सहायता से अध्यक्ष वाकन ने फ्लोरिडा में 27°7’ उत्तर समानांतर तथा 50°7’ पश्चिम देशांतर रेखा पर स्थित एक स्थान पसंद किया। यहीं पर यह अद्भुत तोप लगायी गयी।

जिस समय यह सब हो रहा था, उस समय एक ऐसी घटना घटी कि योजना के प्रति जनता का कौतूहल और भी बढ़ गया।

माइकेल ऑर्डन नाम का एक साहसी व्यक्ति फ्रांस की राजधानी पेरिस में रहता था। उसने कहा कि इस गोले के अंदर बैठकर मैं पृथ्वी के उपग्रह चंद्रमा पर जाने को तैयार हूँ। वह अमेरिका आ पहुँचा। वहाँ उसका अभूतपूर्व स्वागत हुआ। कई बैठकें करके बार-बार परामर्श किया गया। बड़ा वाद-विवाद हुआ। अंत में अध्यक्ष बार्बीकेन, ऑर्डन से सहमत हो गये। यही नहीं, उनके परम शत्रु कैप्टन नाइकोल भी बार्बीकेन तथा ऑर्डन के साथ गोले में बैठकर यात्रा करने को तैयार हो गये।

यह योजना भी स्वीकृत हो गयी। गोले की बनावट में हेर-फेर कर दिया गया। तय हुआ कि उसे नोकदार सिलेंडर के रूप में बनाया जाए तथा उसके अंदर एक कमरा ऐसा बनाया जाए, जिसमें प्रारंभिक धक्के से यात्रियों की रक्षा हो सके। गोले में एक वर्ष के लिए भोजन, पानी तथा गैस की व्यवस्था की गयी। तीनों यात्रियों की साँस लेने लायक हवा के लिए एक स्वयंचालित यंत्र लगाया गया। तोप क्लब के व्यवस्थापकों ने रॉकी पर्वत पर एक भीमकाय दूरदर्शक यंत्र की स्थापना की, जिससे गोले की गतिविधि का निरीक्षण किया जा सके। धीरे-धीरे सारी चीज़ें तैयार हो गयीं।

# तैयारियाँ

सालों की तैयारी के बाद अब अभियान में केवल दस दिन बाकी रह गये थे। और इस पूरे अभियान में केवल एक चीज़ बाकी रह गयी थी- वह था तोप में बारूद भरना। नाईकोल की तीसरी शर्त इसकी सफलता को लेकर ही थी। 181436.948 किलो बारूद को 900 फुट नीचे तोप में उतारना कोई असान काम थोड़े था। नाईकोल ने ठीक ही अंदाज़ा लगाया था- इतनी मात्रा में बारूद को उतारना खतरे से खाली नहीं है। परंतु बार्बीकेन ने निश्चय किया था कि उसे अपने प्रयोग को सफल करना ही है। अतः उसने हर संभव एहतियात बर्ती।

पहले तो उसने स्टोनहिल तक बारूद लाने में भी काफी सावधानी बर्ती। यहाँ तक बारूद को छोटे-छोटे पैकेटों में लाया गया। टेम्पा शहर से स्टोनहिल तक रेलगाड़ी में लाया गया। वहाँ से तोप तक नंगे पैर कारीगर उसे ढोने लगे। तोप में क्रेन से नीचे उतारने लगे। वहाँ पर किसी भी स्टीम इंजिन का उपयोग नहीं किया गया और चारों ओर दो मील तक सभी जगह आग बुझा दी गयी।

नवंबर की ठंड के बावजूद वे यह काम दिन में नहीं कर रहे थे। उन्हें खतरा था कि कहीं सूर्य की गर्मी से बारूद आग न पकड़ ले। बारूद के सभी पैकेट एक-दूसरे से धातु के तार से जुड़े हुए थे। इनमें बिजली की चिंगारी द्वारा पूरे बारूद को एक साथ उड़ा देने की योजना थी।

28 नवंबर तक बारूद के 800 पैकेट तोप के नीचे पहुँचा दिये गये। अब तक पूरा काम ठीक ढंग से हुआ था। परंतु इस काम को करने में बार्बीकिन को काफी घबड़ाहट, परेशानी तथा चिंता हो रही थी। उसने किसी भी व्यक्ति को इस समय पास नहीं फटकने दिया, इस अंदेशे में कि कहीं किसी की जलती सिगरेट से बारूद आग न पकड़ ले। बार्बीकिन ग़लती नहीं करना चाहता था। जे. टी. मेस्टन ने भी यथाशक्ति बार्बीकिन के इस काम में सहायता दी। तमाशा देखने इकट्ठे हुए व्यक्तियों द्वारा फेंकी हुई सिगरेट के ठूंठ को बीनकर वह उसे बुझा देता था। यद्यपि यह कार्य काफी कठिन था क्योंकि वहाँ पर इकट्ठे व्यक्तियों की कुल तादाद तीन लाख से कम न थी।

माईकेल ऑर्डन ने तोप तक बारूद ढुलायी की निगरानी करने कार्य का बीड़ा लिया था। परन्तु अध्यक्ष ने जब देखा कि वह स्वयं एक बहुत बड़ा सिगार सुलगाये हुए लोगों की भीड़ को इधर-उधर हटा रहा है तब उसके ऊपर भी एक निरीक्षक रख दिया।

अंत में यह कार्य भी समाप्त हो गया और कैप्टन नाईकोल अपनी तीसरी शर्त भी हार गया। अब केवल गोले को उतारना बाकी रह गया। इसके पहले यात्रा में साथ जाने वाली सभी चीज़ें गोले में रख दी गईं। ये वस्तुएं काफी थीं। यदि ऑर्डन की इच्छा अनुसार सभी वस्तुएं रखी गई होतीं तो शायद यात्रियों के खड़े रहने की जगह भी न रहती। परंतु

बार्बीकेन के समझाने पर वह केवल अति आवश्यक वस्तुओं को ही ले जाने के लिए राजी हो गया। एक बॉक्स में कई थर्मामीटर, बैरोमीटर तथा दूरबीनें रख ली गईं।

इन यात्रियों ने अपने साथ बियर तथा मिलर द्वारा बनाया हुआ चन्द्रमा का नक्शा भी ले लिया, जिससे चन्द्रमा का अध्ययन कर सकें।

इस नक़्शे में चंद्र पर पृथ्वी से दिखाई पड़ने वाले सभी स्थान ठीक प्रकार दिखाये गये हैं। उन लोगों ने तीन रायफलें, तीन बंदूकें तथा काफी मात्रा में बारूद, गोले आदि ले लिया।

'हम नहीं जानते कि इसका हम क्या करेंगे', ऑर्डन ने कहा, 'परंतु हो सकता है कि चाँद पर रहने वाले प्राणी हमारा विरोध करें इसलिए हथियारों के साथ उन्होंने कुदाल, आरियां तथा अन्य उपयोगी औजार भी लिये। गर्मी तथा सर्दी के उपयुक्त कपड़े भी काफी मात्रा में ले लिये।

ऑर्डन की इच्छा थी कि प्रत्येक जाति का एक-एक जानवर भी चंद्रलोक ले जाए जाए। उसने बार्बीकन से कहा कि- 'साँप, शेर, घड़ियाल इत्यादि खतरनाक जानवर चाँद पर न ले जाएँ तो कोई हर्ज नहीं, परंतु बैल, गाय, घोड़ी या गधा आदि उपयोगी जानवर हमें चाँद तक अवश्य ले जाने चाहिए।'

'प्रिय ऑर्डन, परंतु हमारा गोला बहुत छोटा है और इसका उद्देश्य भी भिन्न है इसलिए हम केवल आवश्यक चीजें ही ले जा सकेंगे। लंबी बहस के बाद यह तय हुआ कि नाईकोल का पालतू कुत्ता तथा एक न्यू फाउंडलैंड का कुत्ता- केवल यही दो जानवर साथ ले जाएँ। कई प्रकार के बीज भी ले लिये गये। लेकिन अगर चाँद की भूमि ऊसर निकली

तब? बार्बीकेन ने तीनों व्यक्तियों के लिए एक वर्ष की खाद्य सामग्री रखवा ली। उन्होंने पानी भी दो महीने के लिए ले लिया क्योंकि नक्षत्र वैज्ञानिकों के अनुसार चाँद पर काफी मात्रा में पानी है। खाना तो वहाँ पृथ्वी के निवासी प्राप्त कर ही लेंगे। ऑर्डन ने इस संबंध में कोई चिंता प्रकट नहीं की। यदि उसे इसकी चिंता होती तो वह इस यात्रा पर जाता?

'इसके अलावा, दोस्तो!' ऑर्डन ने एक दिन कहा- 'हम पृथ्वी के अपने मित्रों को चाँद पर पहुँचाकर भूल नहीं जाएंगे।'

'बिलकुल नहीं,' मेस्टन ने कहा।

'तुम्हारा क्या मतलब है?' नाईकोल ने पूछा।

'इसमें कोई कठिनाई नहीं है। तोप हमारे पास रहेगी ही। साल में एक बार जब चाँद अनुकूल स्थिति में होगा तब हम एक दूसरे गोले से दूसरी ज़रूरी चीज़ें भेज देंगे।'

'बहुत खूब!' मेस्टन चिल्ला उठा, 'कैसा सुंदर विचार है। सचमुच! मेरे दोस्तो, हम आपको भूलेंगे नहीं।'

'मैं आप दोस्तों पर यकीन करता हूँ। और हमें रसद बराबर मिलता रहेगा तो हम चंद्रमा से पृथ्वी तक संबंध बनाए रखने की कोई तरकीब निकाल ही लेंगे।' उपरोक्त शब्द ऑर्डन ने इतने विश्वास और सरलता से कहे कि सभी उपस्थित व्यक्ति उन तीनों व्यक्तियों के साथ चाँद पर जाने के लिए उत्साहित हो गए।

अब सारे काम हो चुके थे, अब केवल गोले को तोप में उतारकर बारूद पर रखना ही बाकी रह गया था।

जब गोले नुमा यान को तोप पर उतारा गया तो सबकी आत्मा काँपने लगी। यदि जंजीरें टूट जातीं तो पूरी बारूद उसके गिरने के दबाव से दग उठती।

सौभाग्य से ऐसी कोई दुर्घटना नहीं घटी। और कुछ क्षणों में चंद्रलोक तक पहुँचाने वाला यह गोला नीचे पहुँच गया और उसने बारूद के ऊपर स्थान ले लिया।

'मैं तीन हजार डालर हार गया,' कह कर कैप्टन ने तुरंत ही तीन हजार डालर के नोट बार्बीकेनको गिन दिये। बार्बीकेन अपने सहयोगी से यह रकम अब स्वीकार करने को तैयार नहीं था परंतु कैप्टन ने जिद की।

'अब मैं तुमसे केवल दो बातें और चाहता हूँ,' आहेन ने कैप्टन नाईकोल से कहा।

'वह क्या है?'

"यह कि तुम अपनी दो शर्तें और हार जाओ।" तब हमें चाँद तक पहुँचने से कोई रोक नहीं सकता।

# वह दिन आ गया

हज़ार तैयरियों और सालों की मेहनत के बाद एक दिसंबर आ गया! यदि तोप रात के ठीक 10 बजकर 46 मिनट और 40 सेकेंड पर न दागी गई तो चंद्रमा पर जाने के लिए ऐसा उपयुक्त अवसर फिर 18 वर्ष बाद ही आयेगा।

हवा का रुख ठीक था। जाड़े के मौसम के बावजूद आकाश साफ़ था। उस रात हर आदमी का हृदय उत्साह और भय से धक! धक! कर रहा था। अगर कोई एक आदमी एकदम शांत था तो वह आदमी माइकेल ऑर्डन वह इतना निश्चिन्त दिख रहा था जैसे कोई विशेष बात होनी ही न हो।

उस दिन सुबह से ही स्टोनहिल पर लोग इकट्ठे होने लगे। जहाँ तक निगाह जाती थी वहाँ तक लोग ही लोग नजर आ रहे थे। हर 15 मिनट में ट्रेन लोगों को भर-भरकर ला रही थी। अखबारों की मानें तो वहाँ लगभग 50 लाख व्यक्ति पहुँच चुके थे।

बहुत से लोग महीनों पहले पहुँचकर वहाँ पर अपना रहवास बना लिया था। ऐसे लोगों ने अपने इस अस्थायी शहर का नाम पर ऑर्डन के नाम पर 'ऑर्डन शहर' रख लिया था। पूरा मैदान झोपड़ियों एवं तंबुओं से भर गया था। दुनिया भर के देशों ने निरीक्षण के लिए अपने प्रतिनिधि वहाँ भेज दिया थे। वहाँ पर पृथ्वी की हर भाषा को सुना जा सकता था।

सुनार, किसान, मल्लाह, जुलाहा, दलाल, व्यापारी, भिश्ती, न्यायाधीश, एवं वकील सभी वहाँ एक दूसरे से बगैर किसी भेद-भाव के मिल-जुलकर बातें कर रहे थे। होटलों, दूकानों शराबखानों एवं रेस्टोरेंट्स में काफी शोरगुल होता था। एक तरफ आवाज आती थी 'चावल लाओ, दूसरा चिल्ला रहा था दाल अबतक नहीं मिली'। कहीं कोई 'रोटी' के लिए हलकान होता। इस शोरगुल में कोई किसी को नहीं सुन पाता था।

परंतु आज एक दिसंबर के दिन सारे लोग उत्साह और भय से चुप हो गये थे। किसी को भूख ही नहीं लग रही थी। लाखों ऐसे व्यक्ति थे जिन्होंने सुबह से ही कुछ न खाया था। इसी प्रकार मौन आंदोलन रात तक ऐसे चलता रहा, जैसा कोई भयानक दुर्घटना होने के पहले होता है।

शाम के सात बज गये। चाँद क्षितिज में ऊपर आ रहा था। लाखों आवाजों ने एक साथ उसके स्वागत में नारे लगाये। उतने में वे तीन यात्री भी वहाँ दिखाई पड़े। इन लोगों को देखकर नारे और भी बढ़ गये। और शोर बहुत भयंकर हो गया। उसके बाद एक इशारे द्वारा सभी को शांत किया गया।

इतने में एक फ्रांसीसी एवं दो अमेरिकी ने गोले के पास ही अपना स्थान ले लिया था। वहाँ पर तोप क्लब के सदस्य तथा योरोप की लगभग सभी वेधशालाओं के प्रतिनिधि भी पहुँच गये थे। बार्बीकेन शांत स्वर में अंतिम आदेश दे रहा था। नाईकोल पीछे हाथ बांधकर होठ दाबे हुए, तथा मजबूती से भूमि पर कदम रखता हुआ टहल रहा था। माईकेल ऑर्डन हमेशा की ही तरह, प्रसन्नचित्त होकर, मुँह में सिगार दाबे, मेस्टन से हंसी-मजाक कर रहा था।

दस बजे। गोले में प्रवेश करने का समय हो गया। उनको नीचे उतरने में तथा उसके बाद 'क्रेन' आदि सामान को हटाने में भी कुछ समय लगेगा।

बार्बीकेन ने अपनी घड़ी मर्चीसन की घड़ी से मिलाकर एक सेकेंड के दसवें भाग तक ठीक कर लिया था। मर्चीसन के जिम्मे बिजली की चिंगारी द्वारा इतनी बड़ी तोप दागने का भव्य काम था। अब तीनों यात्री गोले में प्रवेश करने को तैयार हो गये।

तीनों यात्रियों को 'विदा' कहने का क्षण बहुत ही हृदयस्पर्शी था। यहाँ तक कि हमेशा प्रसन्नचित्त रहने वाला ऑर्डन भी पिघल गया। मेस्टन से रहा न गया।

'क्या मैं नहीं चल सकता! अब भी समय है।'

'असंभव, मेरे दोस्त।' बार्बीकेन ने जवाब दिया।

तीनों यात्रियों ने अपने अतीव लंबे सफर के लिए यान में प्रवेश किया। यान के प्रवेशद्वार को पेंचों की सहायता से मजबूती से कस दिया गया।

चाँद आकाश में ऊपर उठ चुका था। अब वह शिरोबिंदु और क्षितिज के बीच में था। पूरे वातावरण में शांति छा गई। किसी के दिल से धड़कन की आवाज भी नहीं आ रही थी। सभी की निगाहें तोप के मुँह पर लगी थीं। चाँद पर जाने वाला यान तोप में नीचे उतर चुका था। मेसन की आँखें घड़ी पर लगी थीं। गोला दागने में केवल 40 सेकेंड बाकी रह गये थे। एक सेकेंड एक युग के समान बीत रहा था। 20 वें सेकेंड में सभी के शरीरों में एक कंपन हुआ।

लोगों ने अनुभव किया कि जिस प्रकार वे लोग सेकेंड गिन रहे हैं वैसे ही यान में बैठे यात्री भी गिन रहे होंगे। भीड़ में से कुछ लोग चिल्लाये भी।

पैंतीस, छत्तिस, सैतिस, अड़तिस, उनतालिस, चालिस- 'दागो।' मचसन ने तुरंत ही बटन पर रखी उंगली दबा दी। और तोप में रखी बारूद के सभी हिस्सों में चिंगारी लग गई।

ऐसा धमाका हुआ जैसा पृथ्वी पर आज तक कभी न सुन पड़ा होगा। ज्वालामुखी भी इतनी आवाज से न फटता होगा। उस आवाज के वर्णन के लिए कोष में कोई शब्द ही नहीं है। आग की एक बहुत ऊंची लपट तोप के मुँह से आकाश की ओर उठी। पृथ्वी हिल गई और बड़ी कठिनाई से केवल कुछ ही व्यक्ति क्षण भर के लिए गोले को देख सके।

# धमाका

जिस समय आग की लपटें तोप के मुँह से निकलीं उसी समय पूरा फ्लोरिडा रोशनी से चमक उठा और प्रतीत हुआ जैसे कि रात्रि समाप्त हो गई है और दिन हो गया है। आग की यह प्रचंड ज्वाला 100 मील दूर तक देखी जा सकती थी।

तोप छूटने के बाद ही तुरंत एक भूचाल आया। फ्लोरिडा काँप गया। बारूद से निकली हुई गैसों की गर्मी से फैलकर वातावरण की ऊँचाई पहले से बहुत ज्यादा हो गयी। इस धक्के से उत्पन्न चक्रवात पूरे फ्लोरिडा पर फैल गया। धमाका होते ही दूर-दूर तक लोग गिर पड़े। भारी तूफान में जिस प्रकार फ़सल गिर पड़ती हैं उसी प्रकार पुरुष, स्त्री, बच्चे सभी धराशायी हो गये। मेस्टन महोदय तो 120 फुट दूर जा गिरे। उस क्षेत्र में मौजूद 3 लाख लोग कुछ समय के लिए बिलकुल बहरे हो गये। जैसे ही धमाके का प्रथम असर समाप्त हुआ वैसे ही धमाके से चोट पहुँचे हुए तथा उससे बहरे हुए व्यक्तियों सहित समस्त भीड़ चिल्ला उठी- 'ऑर्डन जिंदाबाद! बार्बीकेन जिंदाबाद! नाईकोल जिंदाबाद!' हजारों व्यक्ति दूरबीन की सहायता से अंतरिक्ष में गोले की ओर देखने लगे; परंतु उनको कुछ भी दिखाई न पड़ा। क्योंकि चाँद का प्रकाश पर्याप्त नहीं था। अतः कुछ दिखाई न पड़ता था। लॉन्ग पर्वत की चोटी पर से इस संबंध में आने वाले तार का इंतजार करना पड़ा। कैंब्रिज

वेधशाला के संचालक महोदय अपना काम करने के लिए रॉकी पहाड़ पर पहुँच गये थे तथा अंतरिक्ष में 900 फुट लंबी तोप द्वारा चाँद पर भेजे गये इस यान का निरीक्षण करने लगे।

इस सब से ऐसी परिस्थिति उत्पन्न हो गई जिससे लोगों के धैर्य की परीक्षा हुई। आकाश जो अब तक स्वच्छ था, उसमें घने बादल छा गये।

वातावरण के स्तरों में आए उथल-पुथल और बदलाव के बाद तो ऐसा होना ही था। क्योंकि दो लाख पाउंड वज़न के बारूद से अपरिमित धुआं निकला था। दूसरे दिन भी आकाश में बादल मौजूद थे। यह बड़े दुर्भाग्य की बात थी। चूँकि मनुष्य ने प्रकृति की बातों में दखल देना शुरू कर दिया था इसलिए प्रकृति के इस कोप का भी सामना करना था।

किसी को कुछ भी नहीं पता था कि गोला कहाँ गया। अगर प्रयोग सफल हो तो एक दिसंबर की रात को 10 बजकर 46 मिनट 20 सेकेंड पर छूटे ये यात्री 4 तारीख की 12 बजे रात को अपने गंतव्य पर पहुँच जाऐंगे। इसलिए उस समय यह बहुत ही कठिन था कि गोला जैसी एक छोटी वस्तु को इतनी गति से जाते देखा जा सके। इसलिए उन्हें धैर्य धारण करना आवश्यक था।। 4 से 6 दिसंबर तक पूरे अमेरिका पर वैसा ही मौसम रहा। अतः कुछ भी नहीं देखा जा सका।

सात दिसंबर को आकाश में बादल कुछ कम हुए। इससे कुछ आशा बंधी परंतु तुरंत ही बादल फिर छा गये। अब परिस्थिति गंभीर हो रही थी। 9 दिसंबर को फिर अमेरकियों को चिढ़ाने को सूर्य दिखाई पड़ा और रात को फिर बादल छा गये।

10 दिसंबर का दिन भी ऐसे ही बीत गया। जे. टी. मेस्टन अर्ध विक्षिप्त सा हो गया। परंतु 11 तारीख को परिस्थिति बदल गई। प्रचंड हवा के झोंके चलने लगे और बादल गायब हो गये।

# उम्मीद

उसी रात को दूरबीनों ने गोले को देख लिया। और जिस समाचार की पूरी दुनिया प्रतीक्षा कर रही थी वह बिजली की तरह फैल गयी। गोले की स्थिति का पता चलते ही कैंब्रिज वेधशाला के संचालक ने नया प्रेसनोट लिखा।

**'लॉन्ग हिल'**

*सेवा में,*
*कैंब्रिज वेधशाला के अधिकारीगण,*

*स्टोनहिल की तोप द्वारा छोड़ा गया गोला सर्वश्री बेलफास्ट एवं जे. टी. मेस्टन ने 12 दिसंबर को 8 बजकर 47 मिनट पर देखा। चंद्रमा अपनी अंतिम कला की अवस्था में है। गोला अब तक अपने निश्चित ध्येय तक नहीं पहुँचा है। वह अपने रास्ते से ज़रा सा हट गया है। परंतु फिर भी चाँद की आकर्षण शक्ति के भीतर ही है।*

अब गोला सीधे चाँद की ओर जाने के बजाए उसके चारों ओर कक्षा में घूम रहा है। अब तक हम उसके घूमने की गति भी ज्ञात नहीं कर सके हैं। चाँद से उसकी दूरी लगभग 2833 मील है।

इस संदर्भ में निम्नांकित दो बातें हमारे ध्यान में आ रही हैं–

1. या तो चाँद का आकर्षण गोले को अपनी ओर खींच लेगा और गोला अपने ध्येय तक पहुँच जाएगा।

या

2. गोला सार्वभौमिक नियम के अनुसार चाँद के चारों ओर अनंत काल तक घूमता ही रहेगा।

इन दोनों बातों में से अंत में कौन-सी बात होगी, यह भविष्य बताएगा। अभी तोप क्लब के इस प्रयोग के संबंध में हम केवल यही कह सकते हैं कि उन्होंने सौर मंडल में एक नये ग्रह का निर्माण कर दिया है।

**जे. बेल फास्ट**

इस अप्रत्याशित घोषणा ने कितने नये प्रश्न उत्पन्न किये? विज्ञान के इस खोज में भविष्य से क्या रहस्योद्घाटन होगा? जो कुछ भी हो, नाईकोल, बार्बीकेन एवं ऑर्डन के नाम स्पेस की दुनिया में हमेशा के लिए अमर हो गये।

लॉन्ग हिल से आयी घोषणा सुनकर दुनिया में आश्चर्य एवं आशंका की भावना फैल गई। क्या भविष्य में हम इन बहादुर अंतरिक्ष यात्रियों की मदद कर सकेंगे? नहीं। क्योंकि उन्होंने प्रकृति द्वारा मनुष्यों पर लगाई गई सीमा का उल्लंघन किया है। उनके पास दो महीने के लिए पर्याप्त हवा थी और 12 महीने के लिए अन्य सामग्री।

लेकिन उसके बाद क्या होगा? केवल एक ही व्यक्ति था जिसे चीज़ें इतनी निराशाजनक नहीं लगती थीं। वह था- जे. टी. मेस्टन। उसने उनको कभी भी अपनी निगाहों से दूर नहीं होने दिया। वह लॉन्ग हिल पर ही स्थायी रूप से रहने लगा। जैसे ही चाँद क्षितिज पर उठने लगता वैसे ही वह दूरबीन से देखता और धैर्य से गोले की गति का निरीक्षण करता और इस प्रकार वह अपने तीनों दोस्तों के बराबर संपर्क में रहा करता था तथा उसे उनसे एक बार फिर मिलने की आशा थी।

उसने कहा- "वे तीनों अपने साथ पृथ्वी की समस्त कला-विज्ञान एवं उद्योग ले गये हैं। इससे कुछ भी संभव है और एक दिन दुनिया देखेगी कि वे सीधे पृथ्वी पर लौट आयेंगे।"

# चाँद की परिक्रमा

एक तार से पूरी दुनिया में यह ख़बर फैल गयी। इसमें कहा गया था कि 'यान को देखा जा चुका है, लेकिन किसी अज्ञात कारण से यह रास्ते से भटक गया है। फिर भी वह चंद्रमा के आकर्षण क्षेत्र में है। लेकिन उसकी कक्षा की गणना अभी नहीं हो पायी है।

अब प्रश्न यह है कि हमारे अन्तरिक्ष यात्रियों का क्या होगा? यह ठीक है कि उनके पास एक वर्ष के लिए खाद्य सामग्री है। यह भी माना जा सकता है कि वे चंद्रलोक पर उतरने में सफल हो जाएँगे। परंतु उसके बाद लौटेंगे कैसे? इन प्रश्नों पर विद्वानों के बीच ज़बरदस्त बहस चल पड़ी। जनता भी इसे लेकर उत्सुक हो गयी। कुछ लोग ऐसे होते हैं जो कोई नई बात खोजते ही झटपट जनता को सूचना देने दौड़ पढ़ते हैं। लेकिन विद्वानों को चाहिये कि जब कोई विवादास्पद आविष्कार करें तो बहुत संयम से काम लें। हर नक्षत्र वैज्ञानिक नये ग्रहों अथवा धूमकेतुओं का अन्वेषण कर सके, यह ज़रूरी नहीं है। और ऐसी कोई ख़ोज कर भी ले तो उसे जनता के सामने लाने की जल्दीबाज़ी नहीं

करनी चाहिये। क्योंकि यदि बात गलत साबित हुई तो लोग हँसी उड़ाने लगते हैं। जे. टी. मैस्टन को भी जनता के सामने सूचना रखने के पहले कुछ समय धैर्य से काम लेना चाहिये था।

सच यह है कि तार में दो प्रकार की भूलें थीं-

1 *चंद्रमा से गोले की दूरी नापने में गलती। क्योंकि 11 तारीख को यह नापना असंभव था। उस दिन मैस्टन ने जो कुछ देखा था, या देखने की कल्पना की थी, वह गोला नहीं था।*

2 *गोले के भविष्य के संबंध में गणना की भूल। क्योंकि जो मैस्टन ने कहा, वह प्राकृतिक नियमों के प्रतिकूल था। लेकिन वेधशाला की यह बात तार्किक थी, वह यह कि यदि यात्री अभी जीवित हैं, तो चंद्रमा की आकर्षण शक्ति का लाभ उठाकर उन्हें उस पर उतरने की कोशिश करनी चाहिए।*

उधर हमारे अंतरिक्षयात्री धमाके का झटका सह गये। आगे का वर्णन अनेक पूर्व मान्यताओं का निराकरण करेगा, यात्रा संबंधी कठिनाइयों पर रोशनी डालेगा, और बार्बीकेन की सहज वैज्ञानिक बुद्धि, नाइकोल के यांत्रिक ज्ञान तथा माइकेल ऑर्डन के विनोदपूर्ण साहस का दिग्दर्शन करेगा।

इसके अतिरिक्त इस वर्णन से यह भी पता चलेगा कि जिस समय मैस्टन भीमकाय दूरदर्शक पर झुके हुए चंद्रमा की ओर जाने वाले गोले के मार्ग का निरीक्षण कर रहे थे, तब वे अपना समय व्यर्थ नष्ट कर रहे थे। 6 बजे शाम को गोले ने दक्षिणी ध्रुव को 30 मील से कम दूरी पर पार कर लिया। इस दूरी पर उत्तरी ध्रुव भी उन्होंने पार किया था इसलिए अंडाकार रेखा ठीक-ठीक बन गई थी।

उस समय यात्री फिर से सूर्य की रोशनी में आ गये थे। उस समय उन्होंने एक बार फिर तारों को धीरे-धीरे पूर्व से पश्चिम की ओर जाते देखा। उन तीनों ने हर्षध्वनि के साथ सूर्य को प्रणाम किया रोशनी के साथ गर्मी भी आई। खिड़कियाँ फिर से पहले जैसी साफ़ हो गईं। उसपर जमी बर्फ़ पिघल गई। किफायत के लिए गैस तुरंत ही बंद कर दी गई।

"ओह", नाइकोल ने कहा, "सूर्य की धूप कितनी अच्छी है। कितनी अधीरता से अपनी लंबी रातों के बाद चंद्रवासी सूर्य के फिर से उगने की प्रतीक्षा करते होंगे!"

'हाँ', माइकेल ऑर्डन ने उत्तर दिया, 'चमकते हुए ईथर और प्रकाश में ही सब जिंदगी है।' उस समय गोले का तल चंद्रमा की सतह से ज़रा सा घूम गया। इस बात से और भी लंबा अंडाकार घेरा बनने की संभावना हो गयी। अगर पृथ्वी पूर्ण होती तो बार्बीकेन और उसके साथी उसे फिर से देख सकते। किंतु सूर्य की किरणों के कारण यह बिलकुल अदृश्य रही। चंद्रमा के दक्षिणी प्रदेश में एक दूसरे चमत्कार ने उनकी आँखों को आकर्षित कर लिया वह प्रदेश दूरबीन द्वारा केवल ½ मील रह गया था। उन्होंने फिर खिड़की न छोड़ी और इन आश्चर्यजनक बातों को नोट करते रहे।

डोरफेल और लैबनीज पर्वतों के दो अलग-अलग पुंज दक्षिणी ध्रुव से बिलकुल सटे थे। पहला ध्रुव से 84वीं समानांतर तक चंद्रमा के पूर्वी भाग में फैला हुआ था और दूसरा पूर्वी सीमा से शुरू होकर ध्रुव की 65 वें अक्षांश तक फैला हुआ था। इन पर्वत श्रेणियों पर प्रकाश सफेद चूने जैसा फैला हुआ था ।

'यह बर्फ है,' बार्बीकेन चिल्लाया।

'बर्फ,' नाइकोल ने पूछा।

'हाँ, नाइकोल बर्फ, जिसकी सतह पूर्णतया जम गई है। देखो किरणें कैसे परावर्तित हो रही हैं! ठंडा लावा इतना अधिक परावर्तन नहीं कर सकता इसलिए चंद्रमा पर हवा और पानी है, कितना ही कम क्यों न हो। किंतु वास्तविकता को अब नकारा नहीं जा सकता।'

'और अगर बार्बीकेन फिर से पृथ्वी पर पहुँच सका तो उसकी डायरी इस बात को सिद्ध कर देगी।'

यह डोरेफेल और लैबनीज पर्वत छोटे मैदानों के बीच में उभरे हुए हैं। चारों तरफ लगातार गोलाकार रंगमंच और गोल दीवारें हैं। सिर्फ यही दो श्रेणियां हैं जो गोलाकार रंगमंचों के प्रदेश से मिलती हैं। उनकी अपेक्षा ज्यादा टूटी हुई भी नहीं है। उनमें इधर-उधर कुछ नुकीली चोटियां भी हैं जिनमें सबसे ऊंची 7603 मीटर है।

उसी समय यात्रियों के सामने चंद्रमा की भूमि की वास्तविक अवस्था फिर सामने आयी। वहाँ कोई रंग न था। सिर्फ काला और सफेद दिखाई पड़ता था, क्योंकि परावर्तित प्रकाश का अभाव था। फिर भी इस निर्जन संसार को देखना बड़ा रोचक और आश्चर्यजनक था। वे इस अव्यवस्थित प्रदेश के ऊपर इस प्रकार चल रहे थे मानों तूफान में उड़े जा रहे हों। वे देख रहे थे कि चोटियां उनके पैरों के नीचे उड़ी जा रही थीं। नीचे अनेक गड्ढे दिखाई पड़ रहे थे। बड़ी- बड़ी दीवारों को फांदते, आश्चर्यजनक गड्ढों को लांघते, वे निरंतर चले जा रहे थे। न कहीं वनस्पतियाँ दिखाई पड़ती थीं न कोई आबादी या शहर, दूर-दूर तक सिर्फ़ निचाट चाँद का चटियल मैदान। बड़े-बड़े पालिशदार शीशों की भांति लावा की नदियाँ सूर्य की किरणों को बहुत ज्यादा चमक के साथ परावर्तित कर रही थीं। चाँद का यह तेज बर्दाश्त के बाहर था। यहाँ जीवन का कोई लक्षण दिखाई नहीं पड़ता था।

बार्बीकेन ने लगातार निरीक्षण के बाद यह निश्चय किया कि चंद्रमा की सीमा पर की पहाड़ियां मध्य की पहाड़ियों जैसी ही हैं। जो भी हो, मृत्यु की छाया तो उस पर अवश्य ही थी और इसका कोई प्रमाण नहीं मिला कि कभी भी वहाँ जीवन था। फिर भी माइकेल ऑर्डन को ऐसा लगा कि उसे कई नष्ट बस्तियों के चिह्न दिखे हैं।

उसने बार्बीकेन का ध्यान भी आकर्षित किया। ये 80°अक्षांश और 30° देशांतर में स्थित थे। एक जगह खूबसूरत पत्थर के एक बड़े किले का ध्वंसावशेष जैसा जान पड़ता था। एक लंबे खुदे हुए स्थान

को देखने से ऐसा मालूम हुआ कि पहले यहाँ कोई नदी बहती होगी। कुछ ही दूरी पर एक शहर की टूटी हुई दीवारें दिखीं। एक बेहद लंबा बारामदा और दो या तीन खम्भे उसकी एक तरफ पड़े हुए थे। उससे आगे कुछ और टुकड़े पड़े हुए थे जो निश्चय ही किसी पुल के हिस्से होंगे। दूसरे भाग में उसे बहुत बड़े-बड़े खम्भे भूमि पर पड़े दिखाई पड़े। ये उसी बड़े पुल के मालूम पड़ते थे जो उस खुदे हुए भाग की ओर था। वह जोर देकर कहता था कि उसने यह सब अपनी आँखों से देखा। किंतु उसकी आँखें इतनी कल्पनाशील थीं कि उस पर विश्वास नहीं किया जा सकता था।

वह समय व्यर्थ की बहस करने का न था। चंद्रमा का नगर चाहे वह वास्तविक हो या सिर्फ काल्पनिक, काफी दूर गायब हो गया था। गोला चंद्रमा से काफी दूर होता जा रहा था और भूमि का विवरण धुँधला होता चला जा रहा था। अब उनकी सीमायें साफ न दिखाई पड़ती थीं। लेकिन वह सबसे गोल पहाड़ अब भी दिखाई पड़ रहा है। यह ज़रूर 'न्यूटन' ज्वालामुखी होगा।

बार्बीकेन ने अपने मित्रों को बताया कि उसके मुख की गहराई उस पर्वत की ऊँचाई से ज्यादा थी। उतना भारी छेद नापा न जा सकता था और बिलकुल अंधेरा था। उसके तल पर सूर्य की किरणें कभी न पहुँची होंगी। हमबोल्ड के अनुसार वह इतना अंधकारमय प्रदेश था कि उसको सूर्य की रोशनी भेद न सकती थीं। धार्मिक कथाएं लिखने वालों ने इसको 'पाताल का मुख' कहा है।

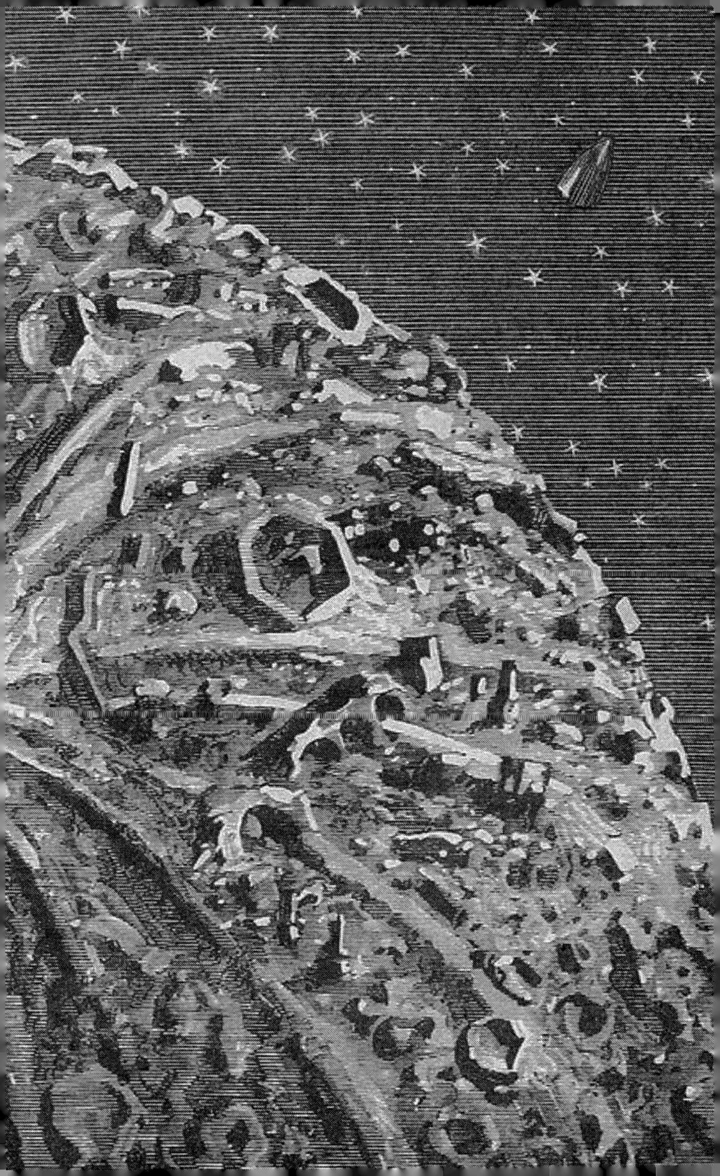

'न्यूटन', बार्बीकेन ने कहा, 'गोलाकार पर्वतों में यह पर्वत सबसे अधिक गोलाकार है। पृथ्वी पर ऐसी कोई चीज नहीं है। चंद्रमा के शैशव काल में भयानक प्राकृतिक उत्पात हुए होंगे। भीतर की गर्मी के कारण जो उथल पुथल हुई, उससे ये ज्वालामुखी उभर आये, और उनके तल नीचे चले गये।'

'मैं इनकार नहीं करता हूँ', माइकेल ऑर्डन ने उत्तर दिया।

न्यूटन के गुजर जाने के कुछ समय बाद गोला 'मोस्ट' पर्वत पर आ गया। फिर काफी ऊँचाई पर ब्लैंकेंस की चोटियों पर से गुजर गया। लगभग 7 बजे शाम को गोलाकार रंग- मंच 'क्लैविस' पर पहुँच गया।

'पृथ्वी के ज्वालामुखी', बाबींकेन ने कहा, 'चंद्रमा के ज्वालामुखी पर्वतों की तुलना में चींटी के घरों के समान हैं। विसूवियस और एटना जैसे बहुत पुराने ज्वालामुखी पर्वतों के मुखों की नाप अधिक-से-अधिक 6000 मीटर है। फ्रांस में कैंटल के वृत्त की नाप 5 मील है। सीलोन में दीप के वृत्त की लंबाई 40 मील पृथ्वी पर सबसे ज्यादा मानी जाती है। इस सबका व्यास चाँद के इस 'क्लैवियस' की तुलना में क्या है?'

'इसकी चौड़ाई क्या है?' नाइकोल ने पूछा।

'लगभग 70 मील', बार्बीकेन ने उत्तर दिया, 'यह गोलाकार रंगमंच चंद्रमा पर सबसे बड़ा है। किंतु 50 मील चौड़े बहुत से हैं।'

'दोस्तो!' माइकेल ऑर्डन ने कहा, 'कौन जानता है कि आज का सुंदर चंद्रमा प्रारंभ में क्या था? उस समय की कल्पना कौन कर सकता है जब इन ज्वालामुखी पर्वतों से लावा की नदियां और पत्थर धुएं के बादलों और ज्वाला के साथ बाहर निकले थे। तब यह कितना भव्य रहा होगा। आतिशबाज़ी छूटने के बाद सिर्फ दफ्ती के टुकड़े बच जाते हैं। इन सब ऐसी भयंकर घटनाओं का कारण कौन बतला सकता है?'

बार्बीकेन ने माइकेल ऑर्डन की बात न सुनी। वह क्लैवियस की उन दीवारों के बारे में सोच रहा था जो कई किलोमीटर चौड़े पत्थरों के पहाड़ों की बनी हुई थीं। इस बड़े गड्ढे के तल में सैकड़ों छोटे-छोटे ज्वालामुखी पर्वतों के निशान थे। तले की भूमि चलनी के समान बन गई थी।

गोला आगे बढ़ता रहा और विनाशकारी दृश्य उसी तरह दिखायी पड़ते रहे। ज्वालामुखी पर्वतों के मुख, और पर्वत एक के बाद एक आते रहे। न कहीं मैदान आये और न समुद्र। इस निर्जन प्रदेश के आखिर में चंद्रमा का सबसे प्रसिद्ध पर्वत टाइको था।

साफ़ आकाश में पूर्णिमा के दिन चाँद का निरीक्षण करते समय ऐसा कोई न होगा जिसने दक्षिणी गोलार्ध पर इस चमकते हुए बिंदु को न देखा हो। माइकेल आर्टिन ने उसकी प्रशंसा करने के लिए अपनी कल्पना शक्ति भर उपमाएँ दीं। उसके लिए टाइको प्रकाश का केंद्र, आग उगलता ज्वालामुखी, जलते चक्र की धुरी, चंद्रमा को घेरने वाला चांदी के समुद्र का तारा, बहुत बड़ी जलती हुई आँख। यह तारे के गिरने से बना हुआ गड्ढा है।

टाइको इतनी अधिक रोशनी विकरित करता है कि पृथ्वी के रहने वाले उसे बिना दूरबीन के देख सकते हैं। इसलिए कल्पना की जा सकती है कि उतने करीब से उन यात्रियों को वह कैसा लगता होगा।

फोटोग्राफी द्वारा इस अद्वितीय पर्वत का चित्र खींचना असंभव है।

टाइको की चोटी से यात्रियों की दूरी इतनी अधिक नहीं थी कि वे उसके खास विवरणों का निरीक्षण न कर सकें। टाइको की दीवारों पर अंदर और बाहर पहाड़ जैसे उभरे हुए थे। पृथ्वी का कोई भी किला बनाने का तरीका इन प्राकृतिक किलों की बराबरी नहीं कर सकता। गोलाकार तल पर बना हुआ शहर बहुत ही अधिक सुरक्षित होता।

'ओह,' माइकेल ने कहा और एक उत्साह से भरी हुई साँस ली, 'कितने शानदार शहर इन पर्वतों के वृत्तों में आ सकते हैं। शांत शहर शांत आश्रय सब मानवी चिंताओं से दूर!'

# गंभीर प्रश्न

*इस समय गोला टाइको के ऊपर से गुजर चुका था।*

यह इतना चमकदार चीज़ क्या है? किस भौगोलिक क्रिया से ऐसी किरणें निकल रही हैं? इस प्रश्न ने बार्बीकेन को चिंतित कर दिया। उसकी आँखों के सामने हर दिशा में चमकदार लाइनें थीं। बीच में गड्ढा था। मैदानों और उभारों पर बराबर से बनी हुई इन चमकदार किरणों की उत्पत्ति का कारण क्या है? हर्शेल ने इनकी चमक के बारे में कहा है कि ये लावा की पुरानी नदियां हैं जो ठंडी होकर जम गई हैं। यह बात किसी ने नहीं मानी। दूसरे नक्षत्रविज्ञानियों ने इन अज्ञात किरणों को बर्फ की नदियों के कारण उत्पन्न कहा है। 'अरे इसमें क्या है!' माइकेल ने उत्तर दिया, 'मैं इन किरणों के उत्पत्ति का कारण आसानी से समझ सकता हूँ।'

'सच?' बार्बीकेन ने कहा

‘हाँ’ माइकेल ने अपनी बात जारी रखते हुए कहा, ‘वे दरार क्यों नहीं हो सकतीं, जो किसी गोली के झटके से या पत्थर से शीशे के प्लेट पर बनाई जा सकती है?’

‘बढ़िया’, बार्बीकेन ने हँसकर उत्तर दिया, ‘और वह हाथ कितना शक्तिशाली होगा जिसके द्वारा इतना बड़ा धक्का लगा होगा?’

‘हाथ जरूरी नहीं है’ माइकेल बोला। वह अपनी बात छोड़ने वाला न था, ‘धूमकेतु इतना बड़ा आघात कर सकता है।’

‘ओह! धूमकेतु?’ बार्बीकेन ने कहा, ‘बेचारा धूमकेतु! माइकेल, तुम्हारी व्याख्या बुरी नहीं है किंतु धूमकेतु की आवश्यकता नहीं है। यह धक्का तारे के अंदर से भी आ सकता है और चंद्रमा की सतह का भयानक रूप से सिकुड़ना इस बहुत बड़ी दरार को बनाने के लिए काफी है।’

‘सिकुड़ना ही सही, जो चंद्रमा के पेट के दर्द के समान है,’ माइकेल ऑर्डन ने उत्तर दिया।

‘और फिर,’ बार्बीकेन बोला, ‘अंग्रेज वैज्ञानिक नेजमिथ का भी यही मत है।’

‘नेजमिथ बेवकूफ नहीं था,’ माइकेल ने उत्तर दिया। यात्री बहुत समय तक टाइको की प्रशंसा करते रहे। गोला सूर्य और चंद्रमा दोनों की रोशनी से प्रकाशित था तथा आग के गोले के समान मालूम पड़ता था। एकाएक वे बहुत अधिक ठंढक से बहुत अधिक गर्मी में आ गये थे। प्रकृति उन्हें चन्द्रमा का निवासी बनाने के लिए तैयार नहीं थी।

चंद्रमा का वासी बनाने के लिए! इस विचार ने फिर यह प्रश्न उठा दिया कि चंद्रमा रहने के योग्य है भी? जो कुछ उन्होंने देखा था, उसके बाद क्या अंतरिक्ष यात्री इस प्रश्न को हल कर सकेंगे? क्या वे इसके पक्ष या विपक्ष में अपना निर्णय कर चुके थे? माइकेल ऑर्डन ने दोनों मित्रों से पूछा कि वे इस बात पर अपना अंतिम मत दें। यह भी पूछा कि क्या ये सोचते हैं कि चंद्रमा पर कभी मनुष्य या जानवर रहे होंगे?

'सोचता हूँ कि हम इसका उत्तर नहीं दे सकते,' बार्बीकेन ने कहा, 'किंतु मेरी राय में यह प्रश्न ही ठीक नहीं है। आप लोग कहें तो मैं दूसरे प्रकार से इसका उत्तर दूँ।'

'बात यह है,' बार्बीकेन ने अपनी बात जारी रखी, 'समस्या दो प्रकार की है। इसके हल भी दो ही होने चाहिये। क्या चंद्रमा रहने के लायक है? क्या कभी यह बसा हुआ था?'

'ठीक,' नाइकोल ने कहा, 'पहले हम, यह देखें कि क्या चंद्रमा रहने के लायक है?'

'सच्चाई यह है कि मैं इस बारे में कुछ नहीं जानता,' माइकेल ने उत्तर दिया, 'और मैं इसके विपरीत उत्तर देता हूँ।'

बार्बीकेन ने कहा- 'असल में यह बहुत हल्का है। इसके अधिकतर समुद्रों का सूख जाना, अपर्याप्त पानी, भीषण गर्मी और सर्दी का आवागमन, इसके दिन और रात 354 घंटे के होना है। इन सब बातों से मुझे ऐसा मालूम पड़ता है कि यह रहने लायक नहीं है।'

'मान लिया', नाइकोल ने उत्तर दिया, 'किंतु क्या चंद्रमा उन लोगों के भी बसने के योग्य नहीं है जो हमसे भिन्न हैं?'

'इस प्रश्न का उत्तर और भी अधिक मुश्किल है', बार्बीकेन ने उत्तर दिया, 'इसका उत्तर देने का प्रयास करने के पहले मैं पूछता हूँ कि किसी भी प्रकार के जीवधारी हों, उनके रहने के लिए चलना-फिरना ज़रूरी है या नहीं?'

'इसमें ज़रा भी संदेह नहीं है,' नाइकोल ने उत्तर दिया।

'अच्छा तब, मेरा उत्तर यह होगा कि हमने चंद्रमा के प्रदेश को 500 गज की दूरी से देखा है और चंद्रमा की सतह पर कोई भी चीज चलती-फिरती नहीं मालूम पड़ी। किसी भी तरह के मनुष्य होते तो वे किसी चीज़ की रचना ज़रूर करते और ऐसा हुआ होता तो हमें उनके अवशेष दिखाई ही पड़ते। हमने क्या देखा? हर स्थान पर प्राकृतिक चीज़ें थीं। मनुष्य की बनाई चीज़ें कहीं नहीं दिखीं। इसलिए अगर जानवरों में से कुछ चंद्रमा पर रहते हैं तो वे गड्ढों में भागकर छिप गये होंगे। बस, एक यही बात रह जाती है कि वहाँ के रहने वाले चलते-फिरते न हों और उनमें जीवन न हो।'

'तुम्हारा मतलब है कि रहने वाले प्राणी जीवित नहीं हैं।'

'बिलकुल ठीक,' बार्बीकेन ने उत्तर दिया, 'जिसका हमारे लिए कोई भी अर्थ नहीं है।'

'तो फिर अब हम अपना निर्णय जाहिर कर सकते हैं?' माइकेल ने कहा।

'हाँ', नाइकोल ने उत्तर दिया।

'बहुत अच्छा,' माइकेल कहता गया, 'गोले में होने वाली यह वैज्ञानिक सभा अभी हाल की देखी हुई बातों पर विचार विमर्श करके इस निर्णय पर पहुँची है कि चंद्रमा पर कोई नहीं रहता।'

यह निर्णय वाकेन ने कॉपी पर लिख लिया, जहाँ उसने पहले से 6 दिसंबर की सभा का निर्णय लिख रखा था।

'अब,' नाइकोल ने कहा, 'अब हम दूसरे प्रश्न पर आते हैं। वह पहले पर ही निर्भर है। मैं सम्मानित सभा से पूछता हूं. 'अगर चंद्रमा पर अभी कोई नहीं रहता है तो क्या वहाँ पर कभी कोई रहता?'

'उत्तर दो बार्बीकेन,' माइकेल ने कहा।

'मेरे मित्रो,' बार्बीकेन ने उत्तर दिया, 'मैंने यात्रा यह पता लगाने के लिए नहीं की थी कि इस उपग्रह पर कोई रहता है अथवा नहीं। मैं अपने निजी निरीक्षणों के आधार से संतुष्ट हूं और विश्वास करता हूं कि चंद्रमा मनुष्यों से कभी बसा हुआ था। लेकिन मैं यह भी कहता हूँ कि वे हमेशा के लिए समाप्त हो गये।'

'तब,' माइकेल ने पूछा, 'चंद्रमा का संसार पृथ्वी के संसार से पुराना है?'

'नहीं,' बार्बीकेन ने विश्वास के साथ उत्तर दिया, 'लेकिन वह एक संसार है जो ज्यादा जल्दी पुराना हो गया। उसका निर्माण और विनाश बहुत जल्दी हो गया। चंद्रमा के अंदर पदार्थों की शक्तियों का विस्फोट पृथ्वी की अपेक्षा बहुत ज्यादा हुआ। चंद्रमा की असली हालत यह सिद्ध करती है कि वह कितना टूट गया है, और कितना टेढ़ा-मेढ़ा हो गया है। प्रारंभ में चंद्रमा और पृथ्वी दोनों गैस रूप में थीं। ये गैसें भिन्न-भिन्न प्रभावों में द्रव बन गईं और बाद में ठोस बन गईं। लेकिन यह बात निश्चित है कि हमारी पृथ्वी उस समय गैस या द्रव थी जब चंद्रमा ठंढा होकर ठोस बन गया था, और रहने लायक हो गया था।'

'मैं भी इस पर विश्वास करता हूँ,' नाइकोल बोला।

'तब,' बार्बीकेन ने अपनी बात जारी रखी, 'यह वायुमंडल से घिरा हुआ था। हवा, पानी तथा सूर्य की रोशनी और गर्मी के प्रभाव से यहाँ वनस्पतियां पैदा हुईं। निश्चय ही उस समय अनेक जीव पैदा हुए, क्योंकि प्रकृति अपनी शक्तियाँ व्यर्थ में नहीं खर्च करती।'

'फिर भी', नाइकोल ने उत्तर दिया '354 घंटे की रात और दिन ने हमारे उपग्रह की वनस्पति और जीवधारियों के बढ़ने को रोका होगा।'

'पृथ्वी के ध्रुवों पर,' माइकेल ने कहा, 'दिन-रात 6 महीने के होते हैं।'

'यह प्रमाण बहुत महत्त्व का नहीं है, क्योंकि ध्रुव बसे हुए नहीं हैं।'

‘इस समय के चाँद पर,’ बार्बीकेन ने अपनी बात जारी रखी - ‘लंबी रातें और दिन तापक्रम में इतना अंतर पैदा कर देते हैं कि यह वहाँ के प्राणियों के बरदाश्त के बाहर होता है। लेकिन पुरातन काल में ऐसा न था वायुमंडल चंद्रमा को घेरे हुए था। गैस बादलों की शक्ल में जम गई थी। यह प्राकृतिक पर्दा सूर्य की किरणों को रोकता था और गर्मी को बाहर न जाने देता था। प्रकाश और ऊष्मा दोनों स्वयं हवा में फैल सकते हैं, इसलिए यहाँ पर इन दोनों के प्रभावों में संतुलन रहता था। वह संतुलन अब नहीं है, क्योंकि अब वायुमंडल गायब हो गया है। एक बात में ऐसी बतलाऊंगा, जिससे आप आश्चर्यचकित हो जाएँगे।’

‘हमें आश्चर्यचकित करोगे?’ माइकेल ने कहा।

‘जब चंद्रमा बना हुआ था, तब रात और दिन 354 घंटे के न होते थे,’ बार्बीकेन बोला।

‘ऐसा क्यों?’ नाइकोल ने पूछा, ‘इस बात की बहुत संभावना है कि उस समय चंद्रमा का अपनी धुरी पर घूमने का समय उसके पृथ्वी परिक्रमा के समय के बराबर न होगा। यही समय की बराबरी चंद्रमा के प्रत्येक बिंदु को सूर्य की किरणों के प्रभाव में 15 दिन तक रखती है।’

‘मान लिया,’ नाइकोल ने उत्तर दिया, ‘किंतु ऐसी संभावना का प्रभाव क्या है?’

‘क्योंकि यह समानता सिर्फ पृथ्वी के आकर्षण के कारण हुई है। जब पृथ्वी उस समय गैस के रूप में थी तब क्या परिस्थिति थी, यह जानना कठिन है।’

'ठीक है,' नाइकोल ने उत्तर दिया, 'और यही कौन कह सकता है कि चंद्रमा हमेशा पृथ्वी का ही उपग्रह रहा है?'

'और कौन कह सकता है', माइकेल ने कहा, 'कि चंद्रमा पृथ्वी के पहले नहीं था। कल्पनाएँ अनेक सिद्धांतों में इतनी उछल-कूद करने लगीं...,' बार्बीकेन ने उन्हें रोकने का प्रयत्न किया।

'ये सब,' उसने कहा, 'वे बहुत ही बड़ी समस्यायें हैं। असल में इनका कोई हल नहीं है। अब हम उनमें न जाएंगे। अब हम सिर्फ यह मान लें कि प्रारंभ से ही आकर्षण अपर्याप्त था। तब धुरी पर घूमने का समय और प्रदक्षिणा का समय बराबर न होने के कारण कारण रात और दिन पृथ्वी की तरह होता था। फिर भी उन परिस्थितियों में जीवन संभव था।'

'तब', माइकेल ने पूछा, 'क्या जीवन चंद्रमा से बिलकुल गायब हो गया था?'

'हाँ,' बार्बीकेन ने उत्तर दिया, 'हज़ारों सदियों तक सब कुछ ठीक-ठाक रहा लेकिन फिर धीरे-धीरे वायुमंडल विरल होता गया। चंद्रमा फिर रहने के योग्य स्थान न रह गया। यही हाल ठंडी होने के कारण सुदूर भविष्य में पृथ्वी का होगा।'

'ठंडी होने से?'

‘अवश्य,’ बार्बीकन ने उत्तर दिया, ‘जैसे पहले चंद्रमा के अंदर की गर्मी समाप्त हो गई थी। उसके ऊपर के पदार्थ सिकुड़ गये थे। इससे वह ठंडा हो गया था। इस क्रिया का परिणाम धीरे-धीरे हुआ। जीवधारी समाप्त हो गये। वनस्पति समाप्त हो गये। जल्द ही उसका वायुमंडल विरल हो गया। शायद उसे पृथ्वी के आकर्षण ने खींच लिया हो। साँस लेने योग्य हवा समाप्त हो गई। पानी भाप बनकर उड़ने से खत्म हो गया। उस समय चंद्रमा रहने के लायक न रह गया और बाद में बसा भी नहीं।’

‘और तुम कहते हो कि यही नियति पृथ्वी की है?’

‘शायद।’

‘किंतु कब? जब इसकी सतह की ठंडक, इसे ऐसा बना देगी।’

‘हमारी बदकिस्मत पृथ्वी के विनाश में कितना समय लगेगा? इसकी गणना हुई है?’

‘अवश्य।’

‘और तुम जानते हो?’

‘अच्छी तरह से।’

‘तब हमें बताओ। तुमने और कौतूहल पैदा कर दिया है।’

'अच्छा माइकेल,' बार्बीकेन ने शांति से उत्तर दिया, 'यह सब जानते हैं कि पृथ्वी का तापक्रम एक सदी में कितना कम हो जाता है। कुछ गणनाओं के अनुसार वह औसत तापक्रम चार लाख वर्षों के बाद शून्य पर आ जाएगा।'

'चार सौ हजार वर्ष!' माइकेल ने कहा, 'ओह! अब मेरी जान में जान आयी। मैं तो डर गया था। मैंने सोचा था कि मैं तुमसे सुनूंगा कि हम सिर्फ 50000 वर्ष जिंदा रहेंगे।'

बार्बीकेन और नाइकोल अपने साथी की बेचैनी देखकर हँसी न रोक सके। तब नाइकोल इस प्रश्न को समाप्त करना चाहता था। उसने उन्हें याद दिलाई कि दूसरा प्रश्न अभी हल होना बाकी है।

'क्या चंद्रमा कभी बसा हुआ था?' उसने पूछा। इसका उत्तर एक मत से 'हाँ' में था।

गोला चंद्रमा की भूमध्य रेखा की ओर तेजी से चलता रहा। साथ ही चंद्रमा से दूर भी हटता रहा। विलियम का वृत्त उसने 40° अक्षांश पर 400 मील की ऊँचाई से पार कर लिया था। 30वें अंश पर 'पीटेटस' को दाहिनी ओर छोड़ते हुए 'बादलों के समुद्र' के दक्षिण की ओर चलता गया।

अंत में जैसे-जैसे गोला आगे बढ़ता रहा, चंद्रमा के दृश्य अस्पष्ट होते गये। पर्वत बहुत दूर खो गये और इस पृथ्वी के उपग्रह की सुंदरता और रोचकता एक अविस्मरणीय स्मृति बन कर रह गई।

# वापसी

सैस्क्युहन्ना जहाज पर बड़ी उत्तेजना थी। अफसर और नाविक उस भयानक खतरे को तो भूल गये जो उन्हें नष्ट करके डुबा देता। वे सिर्फ गोले के बारे में सोच रहे थे। जिसने अपनी यात्रा समाप्त कर ली थी।

'वे वापस आ गये हैं,' नौजवान नाविक ने कहा था और उन सबने समझ लिया था। किसी को भी इस बात पर शक न था कि वह जलता हुआ गोला तोप क्लब का गोला था। यात्रियों के बारे में उनकी राय अलग-अलग थी।

'मर गये हैं', एक ने कहा।

'वे जीवित हैं,' दूसरे ने उत्तर दिया, 'पानी यहाँ पर गहरा है और झटका समाप्त हो गया है।'

'किंतु उनके पास हवा न होगी और वे दम घुटने से मर गये होंगे।'

'जल गये हैं। 'दूसरे ने उत्तर दिया, 'उसका गोला वायुमंडल पार करते समय जल रहा था।'

'इससे क्या?' सबने एकमत से उत्तर दिया, 'जिंदा या मुर्दा उनको वहाँ से निकालना ज़रूरी है।'

इसी समय कप्तान ब्लूम्सवेरी ने अपने अफसरों को एक साथ बुलाया। उनकी सम्मति लेकर एक कमेटी में निश्चय हुआ कुछ-न-कुछ तुरंत करना चाहिये, सबसे ज़रूरी काम गोले को ऊपर निकालना था। यह कार्य कठिन था। उस काम के लिए इंजनों की आवश्यकता थी। इसलिए यह प्रस्ताव पास हुआ कि सबसे पास के बंदरगाह में चला जाए, और गोले के गिरने के विषय में तोप क्लब को खबर भेजी जाए।

यह बात एक मत से मान ली गयी। बंदरगाह के बारे में विचार-विमर्श हुआ। पास के समुद्रतट पर 27 डिग्री अक्षांश पर कोई बंदरगाह नहीं है। ऊपर मानटरी प्रायद्वीप पर इसी नाम का कस्बा है। किंतु रेगिस्तान के ऊपर बसा होने के कारण इसका तार का संबंध अमेरिका के किसी महत्वपूर्ण नगर से नहीं था।

कुछ अंश ऊपर सैनफ्रांसिस्को की खाड़ी थी जहाँ से खबर भिजवाना आसान था। अपनी पूरी गति के साथ सैस्क्युहन्ना दो दिन से कम में सैनफ्रांसिस्को के बंदरगाह तक पहुँच सकता था। इसलिए उसे तुरंत चल देना चाहिए।

आग जला दी गई थी और वे तुरंत चल सकते थे। तीन हज़ार मीटर तार अभी पानी में पड़ा था। कप्तान ब्लूम्सवेरी ने उसे ऊपर खींचने में समय नष्ट नहीं किया, और तय किया कि वह काट दिया जाए।

'हम उसका सिरा एक नाव में जोड़ देंगे', उसने कहा, 'और नाव यह भी बतलायेगी कि गोला ठीक-ठीक किस स्थान पर गिरा है।'

'फिर भी', लेफ्टिनेंट ब्रूम्सफील्ड ने उत्तर दिया, 'हमारे पास अपनी सही स्थिति नोट है। उत्तरी अक्षांश 27°7' और पश्चिमी देशांतर 41°37'.

'बहुत ठीक, मिस्टर ब्रूम्सफील्ड,' कप्तान ने उत्तर दिया, 'तार कटवा दो!'

उसी समय इंजीनियर आया। उसने कहा कि भाप ठीक है और वे चल सकते हैं। कप्तान ने उसे धन्यवाद दिया तब उसने उत्तर-उत्तर-पूर्व की ओर चलने का आदेश दिया। जहाज अपनी पूरी शक्ति के साथ सैनफ्रांसिस्को की ओर चल पड़ा। इस समय सुबह के तीन बजे थे। 1000 किमी चलना सैसक्यूहन्ना जैसे तेज जहाज के लिए अधिक नहीं था। यह दूरी उसने 36 घंटे में तय कर ली। और 14 दिसंबर की दोपहर को 1 बजकर 27 मिनट पर वह सैन फ्रांसिस्को की खाड़ी में पहुँचा।

राष्ट्रीय जलसेना के इस प्रसिद्ध जहाज को जब पूरी गति के साथ, तथा क्षत-विक्षत दशा में आते देखा गया, तो जनता की उत्सुकता चरमसीमा पर पहुँच गई। अनगिनत लोग बंदरगाह पर जमा हो गये।

लंगर डालने के बाद कप्तान ब्लूम्सवेरी और लेफ्टिनेंट ब्रूम्सफील्ड एक आठ पतवार वाली नाव में उतर पड़े और जल्दी से तट पर पहुँचे।

'तारघर कहाँ है?' उन्होंने पूछा। बंदरगाह के अधिकारी ने स्वयं उनको तारघर का रास्ता बताया। स्वयं साथ गया। जब ब्लूम्सवेरी और ब्रूम्सफील्ड दफ्तर के अंदर गये तो जनता दरवाजे पर जमा हो गई। कुछ मिनटों के बाद एक संदेश चार भिन्न दिशाओं में भेज दिया गया। पहला, वाशिंगटन, जलसेना के सेक्रेटरी को, दूसरा बाल्टीमोर, तोप क्लब के सभापति को तीसरा, रॉकी पर्वत की लॉन्ग पीक पर आदरणीय जे.टी. मेस्टन को, चौथा मैसाच्यूसेट्स, के कैंब्रिज वेधशाला को तार यह था-

*'उत्तरी अक्षांश 27°7' और पश्चिमी देशांतर 41°37' में फ्लोरिडा से चंद्रमा की ओर दागा गया गोला प्रशांत महासागर में 12 दिसंबर को प्रातः 1 बजकर 17 मिनट पर गिरा है। आदेश भेजो। ब्लूम्सवेरी, कमांडर सैसक्यूहैना।'*

जलसेना के सेक्रेटरी ने तार पाते ही सैसक्यूहन्ना को तार किया कि वह सैनफ्रांसिस्को की खाड़ी में इंतजार करें दिन और रात किसी समय उसे चलने के लिए तैयार रहना चाहिए।

कैंब्रिज की वेधशाला ने एक असाधारण सभा की और शांतिपूर्वक इस प्रश्न के वैज्ञानिक पहलू पर विचार किया।

तोप क्लब में एक विस्फोट-सा हो गया। सब सदस्य जमा हो गये। उप-सभापति आदरणीय विलकम मेसर्स मेस्टन और बेलफास्ट के द्वारा भेजा हुआ तार पढ़ रहे थे। तार में कहा गया था कि 'गोला लांग पीक की दूरबीन पर अभी-अभी देखा गया है।' उस संवाद में उनको यह भी खबर दी गई थी कि गोला चंद्रमा के आकर्षण में फँसकर तारों की दुनिया में एक छोटे उपग्रह का कार्य कर रहा था। इस विषय की सच्चाई अब मालूम हुई।

ब्लूम्सवेरी का संवाद जे. टी. मेस्टन के तार के बिलकुल भिन्न था। उसके आने पर तोप क्लब में दो पार्टियां बन गईं। एक ओर वे लोग थे जो गोले का गिरना और यात्रियों का लौटना सत्य मानते थे। दूसरी ओर वे थे जो लांग पीक की जाँच पर जोर दे रहे थे। उनका निर्णय था कि सैसक्यूहन्ना के कमांडर का कथन गलत है। उनके अनुसार यह गोला न होकर एक उल्का पिंड था, एक टूटा हुआ तारा, जिसने गिरकर जहाज को तोड़ दिया। उनके विचार का साफ उत्तर नहीं दिया जा सका, क्योंकि जिस गति से वह गिरा था उसने उसका निरीक्षण बहुत कठिन हो गया था।

जो भी हो तोप क्लब में एक प्रकार से निर्णय किया गया कि ब्लूम्सवेरी का भाई विल्वाई और मेजर एलफिस्ट एकदम सैनफ्रांसिस्को के लिए चल दें। और महासागर की गहराई से गोले को खींचने के साधनों पर अपनी राय दें। वे आदमी बिना समय नष्ट किये चल पड़े। और पूरे केंद्रीय अमेरिका को पार करने वाली रेलगाड़ी उनको सेंट लुइस पर लाई। वहाँ तेज़ डाक ले जाने वाली घोड़ा गाड़ी उनका इंतज़ार कर रही थी।

# इन्तिज़ार

लगभग इसी समय जलसेना के सेक्रेटरी ने तोप क्लब के सभापति ने तथा वेधशाला के उप-सभापति ने सैनफ्रांसिस्को से तार पाया। आदरणीय जे. टी. मेस्टन तो इतने ज्यादा उत्तेजित हो गये, जितना वो अपनी बनाई हुई तोप छोड़े जाने के समय भी न हुए थे।

आपको याद होगा कि तोप क्लब के सेक्रेटरी गोला छूटने के कुछ मिनटों के बाद ही चल पड़े थे। कैंब्रिज वेधशाला के मंत्री, बेलफास्ट के साथ वे सीधे लांग पीक पहुँचे थे। तब से अब तक ये दोनों दूरबीन के पास से हटे न थे।

जे. टी. मेस्टन और बेलफास्ट निरीक्षण करते समय यंत्र के ऊपरी भाग में रहते थे। जब कई दिन इंतजार करने के बाद 5 दिसंबर की रात को उन्होंने गोले को अंतरिक्ष में देखा तो उनकी ख़ुशी का अंदाज़ा कौन लगा सकता था? कुछ ही समय बाद आनंद उस गहरी निराशा में बदल गया। निरीक्षण के मध्य में ही उन्होंने संसार को पहला तार दिया

कि गोला चंद्रमा का उपग्रह बन गया है, और उसके चारों ओर लगातार धूम रहा है। उसके बाद गोला चंद्रमा के अदृश्य भाग के पीछे छिप गया था। जे. टी. मेस्टन और उसके साथी की अधीरता की कल्पना की जा सकती है। रात्रि के हर क्षण में वे आशा करते थे कि गोला फिर दिखाई पड़ेगा। पर ऐसा हुआ नहीं। इस अवसर पर उन दोनों के बीच अखंड विवाद उठ खड़ा हुआ। बेलफास्ट कहता था कि गोला दिखाई नहीं पड़ रहा। जे. टी. मेस्टन कहते कि अंधा भी उसे देख सकता है।

'वह देखो गोला,' जे. टी. मेस्टन ने दुहराया।

'नहीं,' बेलफास्ट ने उत्तर दिया, 'यह एक पत्थर है जो चंद्रमा के किसी पर्वत से गिर रहा है।"

'अच्छा कल फिर देखेंगे।'

'नहीं, यह कल दिखाई ही नहीं पड़ेगा। यह अंतरिक्ष की ओर जा रहा हे।'

'अवश्य देखेंगे। मैं तुमसे कहता हूँ।'

'नहीं हम न देखेंगे।'

ये बातें पत्थरों की तरह बरस रही थीं। तोप क्लब का मंत्री तो अधीर था ही, दोनों का साथ रहना खतरनाक हो गया। किंतु एक घटना ने इस बड़ी बहस को खत्म कर दिया। 14 और 15 दिसंबर की रात को ये दोनों 'दोस्त' चंद्रमा का निरीक्षण कर रहे थे। जे. टी. मेस्टन हमेशा

की तरह वह कड़ी बातें कह रहा था। गुस्सा भी हो रहा था। तोप क्लब के मंत्री ने कहा, 'मैंने अभी-अभी गोला देखा है। यह भी कहा कि एक खिड़की पर माइकेल का चेहरा दिखाई पड़ा था।' वह इतने जोश में बोल रहा था कि उसके हाथ का लोहे का हुक डरावना मालूम पड़ता था। उसी समय बेलफास्ट का नौकर ऊपर आया। इस समय रात के दस बज रहे थे। नौकर के हाथ में सैसक्यूहन्ना के कमांडर का तार था।

बेलफास्ट ने लिफाफे को फाड़ा और पढ़कर चीख पड़ा।

'क्या बात है?' जे. टी. मेस्टन ने कहा।

'गोला ही है'

'कहाँ है।'

'पृथ्वी पर गिर पड़ा है।'

वह फिर चिल्लाया। इस बार उसे उत्तर में एक गर्जना मिली।

वह जे. टी. मेस्टन की ओर घूम गया। वह बदकिस्मत साथी धातु के डंडे के ऊपर से लुप्त हो गया था। दूरबीन के नीचे यह गिराव 280 फुट का था। बेलफास्ट घबराहट के मारे द्वार की ओर दौड़ा।

उसने संतोष की साँस ली। जे. टी. मेस्टन के लोहे का हुक दूरबीन की छत के डंडे में उलझ गया था। वह बहुत जोर से चीख रहा था।

बेलफास्ट ने आवाज दी। मदद आई। और उसे किसी तरह ऊपर खींचा गया।

'मान लो शीशा टूट जाता तो,' उसने कहा।

'तुम्हें उसका मूल्य देना पड़ता' बेलफास्ट ने उत्तर दिया।

'और वह गोला कहाँ पर गिरा है?' जे. टी. मेस्टन ने पूछा।

'प्रशांत महासागर में।'

'आओ, तुरंत चलते हैं।'

15 मिनट बाद दोनों योग्य दोस्त रॉकी पर्वत के ढलान से उतर रहे थे। दो दिन बाद वे सैनफ्रांसिस्को पहुँच गये। उसी समय तोप क्लब के उनके मित्र घोड़ों की पीठ पर लगातार चाबुक मारते हुए पहुँचे।

एलफिस्टन, ब्रूम्सवेरी और विल्सवाई उनकी ओर बढ़े।

'अब क्या करना है?' उन्होंने कहा।

'पहले गोला खींचना है,' जे. टी. मेस्टन ने उत्तर दिया, 'जितनी जल्दी संभव हो सके।'

# समुद्र में गोला

गोले के गायब होने का स्थान सही-सही मालूम था। लेकिन उसे पकड़ने और समुद्र से खींचने के लिए ज़रूरी यंत्र मौजूद न थे। अभी उन्हें बनना था। इंजीनियर इससे घबड़ाये नहीं। उनका विश्वास था कि वे लोहे के बड़े-बड़े रस्सों और इंजनों की मदद से गोले को खींच लेंगे, क्योंकि गोले का वजन पानी के घनत्व से कम था।

किंतु गोले को खींचने के लिए इतना काफी न था। यात्रियों की जान बचाने के लिए तुरंत ही कुछ करना था। यह तो सभी को विश्वास था कि तीनों यात्री जिंदा हैं।

'हाँ,' जे. टी. मेस्टन ने कहा, उनका आत्मविश्वास हर एक को स्फूर्ति देता था, 'हमारे अंतरिक्ष यात्री बुद्धिमान हैं, वे पागल के समान नहीं गिरे। वे सुरक्षित और स्वस्थ हैं। किंतु हमको उनकी तलाश जल्दी

करनी चाहिए, उनके खाने-पीने की कोई चिंता नहीं है। उनके पास लंबे समय के लिए काफी सामान है। किंतु हवा! हवा की कमी उन्हें जल्दी ही ख़त्म कर देगी। इसलिए जल्दी करनी चाहिए।'

उन्होंने जल्दी की। उन्होंने सैसक्यूहन्ना को नये उद्देश्य के लिए तैयार कर लिया। उसके शक्तिशाली इंजन खींचने की क्रिया के लिए ठीक कर लिये गये। ऐल्यूमुनियम के गोले का वजन 8700 किलो था। यह उस केबुल के वजन से बहुत कम था जो इन्हीं परिस्थितियों में उठाया गया था। सिर्फ एक मुश्किल गोले की चिकनी दीवारों की थी, जिसके कारण उसे पकड़ना मुश्किल था। इसलिए इंजीनियर मार्चीसन को सैनफ्रांसिस्को बुलाया गया। मार्चीसन ने अपने आप पकड़ने वाली एक ऐसी मशीन फिट की जो कि गोले को पकड़कर कभी न छोड़ती थी। उसके पास कुछ गोताखोरों की पोशाकें भी तैयार थीं। उसने सैसक्यूहन्ना पर ऐसे यंत्र लगाये। जिनमें हवा खूब दबाकर भरी जा सकती थी। वे कमरे जैसे थे। उनमें खिड़कियाँ भी थीं।

जे. टी. मेस्टन बहुत जल्दी कर रहा था वह गोताखोरों की पोशाक में नीचे जाने को भी तैयार था।

फिर भी मशीनें तैयार होने में तथा अमेरिका की सरकार द्वारा तोप क्लब को एक बड़ी रकम देने में 5 दिन लग गये। इस समय में जनता की उत्तेजना चरम सीमा पर पहुँच गई। बिजली के तार और केबिल सब जगह से आ जा रहे थे। बार्बीकेन, नाइकोल और माइकेल की रक्षा पूरी मनुष्यता की ज़िम्मेदारी हो गयी थी। इस अभियान में चंदा देने वाले सभी राष्ट्र, गोले के यात्रियों की रक्षा के लिए बहुत उत्सुक थे।

21 दिसंबर की रात को 8 बजे जहाज प्रशांत महासागर पर चल दिया। उत्तर, पूर्व की दिशा से ठंडी हवा बह रही थी। सैनफ्रांसिस्को की जनता जमा थी। लोग उत्सुक थे और जय-जयकार कर रहे थे।

भाप पूरी खोल दी गई और सैसक्यूहन्ना तेजी से चल पड़ा।

अफसरों और नाविकों के बीच जो बात हुई उसे लिखना व्यर्थ होगा। सबके दिमाग में एक ही विचार था। सबके दिल भावना से धड़कते थे। बार्बीकेन और उनके साथी क्या कर रहे होंगे?

उनका क्या हुआ? उन्होंने साहसी कार्य किया है, कोई नहीं चाहता कि उनकी कोशिश असफल हो। 23 दिसंबर को 8 बजे सुबह तेजी से चलकर सैसक्यूहन्ना को उस जगह स्थान पर पहुँचना था। सही स्थान की गणना करने के लिए 12 बजे तक उन्हें रुकना पड़ा। नापने वाली नाव अभी दिखाई न पड़ी थी।

कप्तान ग्रूम्सबेरी अपने साथियों के साथ निरीक्षण का नियंत्रण कर रहा था। उसने तोप क्लब के प्रतिनिधियों को वह स्थान दिखलाया। बड़ी उत्सुकता का क्षण था। सैसक्यूहन्ना उस स्थान में लाया गया जहाँ गोला गिरा था।

दोपहर को 12 बजकर 47 मिनट पर नाव दिखाई पड़ी। वह अपनी जगह पर ही थी।

'आखिरकार!' जे. टी. मेस्टन ने कहा

'क्या हम शुरू करें?' कप्तान ने पूछा।

'तत्काल', जे. टी. मेस्टन ने उत्तर दिया।

जहाज बिलकुल स्थिर रखने के लिए हर सावधानी रखी गयी।

गोले को पकड़ने की कोशिश करने के पहले मार्चीसन ने उसकी सही स्थिति मालूम करनी चाही। खोज के लिए बने हुए पनडुब्बी यंत्र में हवा भर दी गई। इस यंत्र का उपयोग खतरनाक होता है क्योंकि 20000 फुट पानी की सतह के नीचे इतने अधिक दबाव में जाने से तरह-तरह की दुर्घटनायें हो जाने की संभावना होती है।

जे. टी. मेस्टन, कमांडर का भाई और इंजीनियर इन खतरों के बारे में सोचे बिना अपनी-अपनी जगह पर बैठ गये। यंत्र का पानी में डूबना शुरू हुआ। थोड़ी ही देर में वह आंखों से ओझल हो गया।

अफसरों और नाविकों का ध्यान गोले के कैदियों और पनडुब्बी के बीच बँट गया।

दो बजकर 17 मिनट पर जे. टी. मेस्टन और उसके साथी प्रशांत महासागर के तल पर पहुँच गये। वहाँ बालू के सिवाय कुछ न था। वहाँ वनस्पति और प्राणी भी न थे। उनके पास प्रकाश की तेज बत्तियां थीं, लेकिन गोला न दिखाई पड़ा।

इन बहादुर गोताखोरों की अधीरता का वर्णन करना कठिन है। बिजली द्वारा उनका जहाज से संबंध था। इशारा करने पर सैसक्यूहन्ना ने यंत्र से खींचकर एक मील दूर जा रक्खा। इस प्रकार उन्होंने तल का सारा मैदान देख डाला। बराबर उन्हें भ्रम होता था। कहीं कोई पत्थर या जमीन का उभार मालूम पड़ता था। निरीक्षण करने पर उसमें कुछ न मिला। और बड़ी निराशा हुई।

‘वे कहाँ हैं? वे कहाँ हो सकते हैं?’ जे. टी. मेस्टन चिल्लाया। उस बिचारे ने नाइकोल, बार्बीकिन और माइकेल ऑर्डन को जोर-जोर से पुकारा मानों उसके भाग्यहीन दोस्त उसकी बात सुन लेंगे थे।

ऊपर खींचना 6 बजे शाम को शुरू हुआ और अर्धरात्रि के पहले खत्म न हुआ था।

‘हम कल फिर कोशिश करेंगे,’ जे. टी. मेस्टन ने जहाज के डेक पर आते ही कहा।

‘हाँ’, कप्तान ने उत्तर दिया।

‘और किसी दूसरे स्थान पर।’

‘बिलकुल।’

जे. टी. मेस्टन को अभी तक सफलता में शक न था किंतु उसके साथी अब निराश होने लगे थे। सैनफ्रांसिस्को की खाड़ी में जो बात सहज मालूम पड़ती थी वह खुले समुद्र में असंभव सी ज्ञात होती थी। उनकी दृष्टि में सफलता की संभावना बहुत कम हो गई।

और दूसरे दिन 24 दिसंबर को पिछले दिन की थकावट का कुछ भी ध्यान न करके खोज जारी रही। जहाज कुछ देर में पश्चिम की ओर बढ़ गया और हवा से भरा हुआ यंत्र फिर उनको समुद्र की गहराइयों तक ले गया।

दूसरा दिन भी खोज में ही बीत गया। समुद्र का तल एक रेगिस्तान था। 25 तारीख का भी दिन बेकार गया और 26 का भी ।

अब तो परिस्थिति बड़ी निराशाजनक हो गयी थी। सब लोग उन अभागे आदमियों के बारे में सोचते, जो 26 दिन से गोले में बंद थे। गिरने के खतरे से बचकर भी शायद अब उनका दम घुटने वाला होगा। हवा खत्म हो गई होगी और इसमें शक नहीं है कि हवा के साथ उनका साहस और उत्साह भी घट रहा होगा।

'हवा खत्म हो है लेकिन उनकी हिम्मत नहीं', जे. टी. मेस्टन ने कहा।

28 तारीख को तो सब आशायें समाप्त हो गईं। इतने बड़े समुद्र में वह गोला एक परमाणु के समान था।

तब भी जे. टी. मेस्टन न माना। अपने मित्रों की कब्र ढूंढ लेने तक वह उस स्थान को छोड़ने पर बिलकुल राजी न था। किंतु कप्तान अधिक समय तक न रुक सकता था। मंत्री जी ने भी विवश होकर वापस चलने की आज्ञा दे दी।

29 तारीख को प्रातःकाल 9 बजे सैसक्यूहन्ना उत्तर, पूर्व की ओर चल रहा था। उसने सैनफ्रांसिस्को की खाड़ी की ओर लौटना शुरू कर दिया था। इस समय 10 बज रहे थे। जहाज धीरे-धीरे जा रहा था। अकस्मात् एक पहरा देने वाला नाविक चिल्ला उठा- 'पीछे की ओर कोई चीज है।'

अफसरों ने देखा कि बंदरगाहों का रास्ता दिखाने के लिए जंजीरों से बंधी तुंबी की भांति कोई चीज तैर रही थी। विचित्र बात यह थी कि उस पर एक झंडा लहरा रहा था। वह चीज प्रकाश में चमक रही थी।

कमांडर ब्लूम्सवेरी, जे. टी. मेस्टन तथा तोप क्लब के प्रतिनिधि जहाज के पर चढ़ गये। उन्होंने लहरों पर भटकती हुई उस चीज को ध्यानपूर्वक देखा।

सब लोग रोमांचित हो गये।

वह सचमुच झंडा था।

उसी समय एक जोर की चिल्लाहट सुनाई पड़ी। यह जे. टी. मेस्टन की आवाज़ थी, जो बेहोश होकर गिर पड़ा था।

सब उसकी ओर दौड़े। उसे ऊपर उठा लिया गया। होश में आते ही उसके पहले शब्द क्या थे?

'ओह कितने बड़े पागल, कितने बड़े गधे, कितने बड़े मूर्ख हैं हम सब !! 'बात क्या है?' उसके चारों ओर खड़े, प्रत्येक व्यक्ति ने पूछा। 'मामला क्या है?'

'तुम्ही बताओ क्या तुम नहीं बतला सकते?' यह गोला है। इसका वजन 8700 किलो हैं। मंत्री जोर से चिल्लाया।

'फिर?'

'और यह 28 टन या 56000 पौंड पानी हटाता है। और इसलिए तैर रहा है।'

'ओह' उस योग्य आदमी ने 'तैर रहा है' शब्द बहुत जोर देकर कहा। बात सच थी। इतने बड़े-बड़े वैज्ञानिक मूल सिद्धांत ही भूल गये। गोला अपने आयतन के पानी के वजन से हल्का होने के कारण गिरने के वेग से गहरे महासागर में गया तो जरूर पर शीघ्र ही ऊपर आ गया, और हवा के रुख पर इधर-उधर बह रहा था।

नावें छोड़ दी गईं। जे. टी. मेस्टन और उनके दोस्त नीचे उतर पड़े। उत्तेजना काफी बढ़ गई। सबके हृदय कांप रहे थे। नावें गोले की ओर जा रही थीं। उसमें क्या था? जीवन या मृत्यु ? जीवित !! यदि झंडा लगाने के बाद बार्बीकेन और उनके दोस्तों की मृत्यु हो गई है तो दूसरी बात है। अन्यथा वे जीवित हैं। लोगों की धड़कन बढ़ गई थी। नेत्र अपना कार्य न कर रहे थे। गोले की एक खिड़की खुली हुई थी। उसका शीशा टूटा हुआ था। यह खिड़की पानी से छः इंच ऊपर थी।

जे. टी. मेस्टन की नाव उसके पास पहुँची। वह टूटी खिड़की के पास गया।

उसी समय माइकेल ऑर्डन की साफ और प्रसन्न आवाज सुनाई पड़ी। वह विजय के जोश में बोला- 'डबल ब्लैक बार्बीकेन डबल ब्लैक!' बार्बीकेन और नाइकोल डायनो का खेल, खेल रहे थे !